KEWAI YUEDU WANG

火中取栗

知识达人 编著

典藏版
课外阅读系列

成都地图出版社

图书在版编目（CIP）数据

课外阅读王.火中取栗/知识达人编著.一 成都：
成都地图出版社，2017.1（2021.10 重印）
ISBN 978-7-5557-0584-0

Ⅰ.①课… Ⅱ.①知… Ⅲ.①阅读课—中小学—课外
读物 Ⅳ.① G634.333

中国版本图书馆 CIP 数据核字（2017）第 023945 号

课外阅读王—— 火中取栗

责任编辑：向贵香

封面设计：吕宜昌

出版发行：成都地图出版社

地　　址：成都市龙泉驿区建设路 2 号

邮政编码：610100

印　　刷：固安县云鼎印刷有限公司

（如发现印装质量问题，影响阅读，请与印刷厂商联系调换）

开　　本：710mm×1000mm　1/16

印　　张：8　　　　　　　　字　　数：160 千字

版　　次：2017 年 1 月第 1 版　　印　　次：2021 年 10 月第 4 次印刷

书　　号：ISBN 978-7-5557-0584-0

定　　价：38.00 元

目录

火中取栗

熊熊的篝火燃烧起来了。砍柴人从口袋里拿出几大把山栗子，一边烤一边吃，吃饱就回家了。猴子和山猫闻到山栗的香味，都跑到火堆前来。呵，真幸运，还有好多好多山栗子。

猴子流口水了。它巴不得栗子马上到口，可是又怕火烧着它干燥的猴毛。闻着那香喷喷的味道，已经两天没有填饱肚子的猴子急得围着火堆上蹿下跳。猴子眨巴眨巴眼睛，看看身边的山猫，想出了一个好主意。

"哎，老朋友，你如果能勇敢地去火中取山栗，拿出的山栗，我们平分怎么样？"猴子说。

1

山猫眼睛盯着火中的山栗，也没多想就答应了。它伸手去取栗子，每取一个，它就被烧去一些毛。而猴子呢，蹲在一旁，山猫取出一个，它便吃一个。待栗子全部取出来时，猴子身边只剩下一堆山栗壳。山猫的脚毛全都烧掉了。当它准备好好享受劳动成果时，只看到篝火旁的一堆山栗壳。

"不是说好了吗，我取栗，然后我们对半平分？"山猫愤怒地责问猴子。

"对啊，一人一半，你吃壳，我吃肉，不正好对半分吗？"狡猾的猴子说。

山猫气得说不出话来，心中暗想："明天我就要把这件事告诉森林中的小松鼠妹妹、小熊哥哥和小刺猬弟弟，让它们都提高警惕，千万不能再轻易相信这只狡猾的猴子的话了。"

"万" 字先生

从前，有一个富裕的人家什么都有，可就是没文化，这确实是一件美中不足的事情。可是主人的年龄太大了，对学习没有多大兴趣，所以决定让自己的儿子学文化。于是主人就恭恭敬敬地请来了一位学识丰富的老先生。

开始上课了。老先生先教主人的儿子写"一"字，第二天教他写"二"字，第三天教他写"三"字。三天以后，他跑到父亲面前说："我全学会了，写字是很容易的事情！我知道了'一'就是一横，'二'就是两横，'三'就是三横……我不要先生教了！"于是主人就辞退了老先生。

"现在，我家不仅有田地、钱财、仆人，还有学识渊博、一学就会的儿子，日子真是太美满了！"这家主人说。

过了不久，这家人要请当地的官员来赴宴，其中有一个姓万的。写请帖的事当然就落在儿子身上。

　　"这很简单嘛，我这就去写。"可儿子进屋后好几天都没出来。

　　"咦，不就几张请帖吗？怎么写了那么久！"家里人觉得太奇怪了。

　　大家进屋一看，满屋子都是纸，纸上全是横杠，墨已用得差不多了，儿子累得一脸汗水，还在奋笔疾书。

　　"怎么回事？写了几天都没写完？"

　　"我最讨厌姓'万'的，我写了三天连'三千'都还没写完呢！"

普罗米修斯

　　普罗米修斯是被宙斯放逐的古老的神族后裔，是地母该亚与乌拉诺斯所生的伊阿佩托斯的儿子。普罗米修斯非常聪明，而且智慧超群，他知道天神的种子蕴藏在泥土中，于是他捧起泥土，用河水把它沾湿调和起来，按照世界的主宰，即天神的模样，捏成人形，造出了第一个男人。智慧女神雅典娜被普罗米修斯的创造物惊呆了，于是向这个小人吹了一口气，泥人立刻活了！

普罗米修斯觉得非常地欣喜,他孜孜不倦地创造着。后来,普罗米修斯放任这些人在地球上繁衍生息,人渐渐地多了起来。刚开始的时候,他们不知道采石、烧砖、砍伐林木制成椽梁,然后再用这些材料建造房屋。他们就像蚂蚁一样,蛰居在没有阳光的洞里。

普罗米修斯不愿意人类永远生活在愚昧中,于是他教会他们观察日月星辰的升起和降落;给他们发明了数字和文字,让他们懂得计算和用文字交换思想;他还教他们驾驭牲口,来分担他们的劳动,使他们懂得给马套上缰绳拉车或作为坐骑。他发明了船和帆,让他们在海上航行。那时候人类还不懂得治疗疾病,许多人在病痛中悲惨地死去了。普罗米修斯就教人类采集草药,调制药剂来防治各种疾病……最值得称颂的是,普罗米修斯将火带到了人间,并赠予人类。火是那样的重要,它让人类不再茹毛饮血,使人成为万物之灵。

在这之后，举行了第一次神与人的联席会议。这个会议将决定烧烤过的动物的哪一部分该分给神，哪一部分该给人类。

普罗米修斯偏袒人类，愿意把牛的精华留给人类。于是他将牛切开，分为两堆。一堆放上肉、内脏和脂肪，用牛皮遮盖起来；另一堆放的全是牛骨头，并用牛板油包裹起来。后一堆比前一堆大一些。宙斯看穿了他的把戏，并大发雷霆，专横地把火从人类手中夺走。然而，普罗米修斯设法窃走了天火，并偷偷地把它带给人类。

宙斯愤怒了，他觉得普罗米修斯在公开反抗他。于是命令山神把普罗米修斯用锁链缚在高加索山脉的一块岩石上，并让老鹰天天来啄食他的肝脏。肝脏被吃掉一些，很快又恢复原状，这样的痛苦一直要持续三万年。普罗米修斯一直默默忍受着，从来也没有向宙斯屈服。最后，赫拉克勒斯将老鹰杀死，解救了人类的朋友——普罗米修斯。

牛和牛虻

　　有几只牛虻想喝牛血，它们停在了牛背上。刚准备吸，只听"啪"的一声，牛尾巴突然往背上这么一甩，一只牛虻被活活地打死了。

　　剩下的牛虻带着那只牛虻的尸体飞回了山洞，把牛的暴行告诉给了牛虻大王，请它为它们主持公道，杀杀牛的嚣张气焰。牛虻大王听后，点了点头，表示愿意为它们出这口恶气。牛虻大王编了一个谎话，要牛虻去转告牛：狮子王得了怪病，需要用牛、兔子和熊的尾巴来熬药。谁要是不肯给，狮子王就会把谁吃掉。

牛不相信，问："我怎么相信你们的话是真的呢？"

一只牛虻冲出来，说："你要是不信，就去看看熊和兔子的尾巴。它们已经把自己的尾巴割给狮子王了。"于是，牛忙跑到熊和兔子的家里察看。当它看见熊和兔子的短尾巴时，吓得脸都白了，心想："看来，牛虻的话是真的，我可不能为了一根尾巴而得罪了狮子王，要不然可是要被吃掉的！"牛没有办法，只好咬着牙，忍着疼，用石头将自己的尾巴砸断了。

牛虻看见牛中了计，全都乐开了怀。它们大摇大摆地落到牛的身上，大口大口地吸起了血，再也不用担心牛的尾巴来打搅它们了。

钉栅栏的故事

小男孩是一个很顽皮的孩子。

这天，小男孩手上滴着血回到家里。爸爸知道，他又和别人打架了。

"孩子，到爸爸这里来。"爸爸说道："以后，你每和别人打一架，就钉一颗钉子在门外的栅栏上，好吗？"

"哦！"见爸爸没有责备自己，小男孩很高兴，爽快地答应了他的要求。

第一天，小男孩钉了 8 颗钉子。他这才发现，原来自己每天竟然打这么多架，小男孩决定以后少打架。

第二天，小男孩钉了 7 颗钉子……

　　"爸爸，今天我没有打架。"一天回家，小男孩兴奋地对爸爸说道。"呵呵，好孩子。"爸爸说，"从今天起，如果一整天你都没打架，就拔掉一颗钉子，好吗？""好。"小男孩高兴地答应了。

　　从那天起，小男孩都努力地不打架，就是希望早些拔掉所有的钉子。

　　大约半年后，栅栏上的钉子被拔光了。

　　小男孩真高兴，拉爸爸去看，说："爸爸，所有的钉子都被拔完了！"

　　"孩子，你看这儿。"爸爸指着栅栏说，"虽然钉子被拔掉了，可上面钉的孔却永远也不会消失了，就像你身上的伤一样。所以，我们应该很小心地保护自己，不要让我们的身体和人生都留下无法磨灭的伤痕。"

　　望着爸爸，小男孩懂事地点了点头。

大鼻子矮怪物

许多年以前，鞋匠同他的妻子过着俭朴、安分守己的生活。他们有一个 12 岁的儿子——雅各。

这一天，雅各在菜市场帮母亲卖菜，他用清脆的声音喊："白菜，卷心菜！谁要买？我们的菜价钱最公道！"

这时，一个大鼻子老太婆朝他们走来。买完菜后，她叫雅各帮她把菜背回家。

在老太婆的家里，雅各喝完她煮的一碗汤后，就躺在沙发上睡着了。

他还做了一个稀奇古怪的梦，他梦见自己变成了松鼠，给

老太婆整整做了 7 年的工作，最后还成了一个大厨师。

醒来的时候，他发现自己还是躺在老太婆的沙发上。

雅各回到菜市场时，看见母亲仍然在那里卖菜，于是上前去叫妈妈。妈妈却说，他只是一个长着大鼻子的小矮子。雅各来到鞋匠铺，鞋匠说他原来有个儿子，但在七年前被老妖婆拐走了。

雅各渐渐明白了，原来他并不是在做梦，而是在老妖婆那儿，变成了真正的松鼠，侍候了她 7 年。

这时，鞋匠说："假如我有你这样的大鼻子，我一定要做个皮套把它套上，省得鼻子碰到门柱上或车上。"

雅各摸了一下自己的鼻子，鼻子果然又粗又大！这么说，老太婆把他的容貌也改变了，怪不得连母亲也不认识他了！

不久，大鼻子矮人雅各凭着出色的厨艺在公爵的宫殿里当上了厨师。

他在宫里住了将近两年，生活很富裕，声望也很高，只是一想起父母，心里就很难过。

有一天早晨，他到鹅市买了3只鹅。回家的路上，有只鹅开口说："我不是鹅，我是魔法师的女儿蜜蜜，被一个坏巫婆变成了鹅！"

大鼻子矮人回到宫殿后，给蜜蜜搭了一个棚子，他给她吃的不是一般的鹅食，而是面饼和甜食。他们对彼此讲了自己的身世，蜜蜜听了他的遭遇后，说："老妖婆用一种菜让你中了魔法，如果找到这种菜，你中的魔法就可以解除啦。"

有一天，公爵宴请侯爵，大鼻子矮人雅各烤了一个馅饼给侯爵吃，可侯爵说饼里缺少喷嚏菜。

于是小矮人和蜜蜜一起去找这种菜。他们找啊找，找了许久，最后终于找到了，当他们找到以后，发现喷嚏菜就是可以让雅各解除魔法的菜。

于是他们商量逃出公爵的宫殿，雅各把平时省下来的金币和衣物打成了一个包裹，然后使劲地吸了一口菜的香气，雅各终于变回了原来的样子。

他抱着鹅，小心翼翼地走出了宫门，他终于顺利地走出了公爵的宫殿，朝蜜蜜的家乡走去。

魔法师解除了蜜蜜身上的魔法，还赠给雅各许多礼物，送他走了。

雅各回到了家乡，和父母一起过上了幸福的生活。

西尔弗智找马

很久以前，有一个骁勇善战的人，名叫西尔弗。他有一匹枣红色的战马。每次战斗，这匹战马都冲在最前面，它像一团熊熊燃烧的火焰，鼓舞着士兵们。西尔弗非常爱这匹马，把它当做自己的朋友和亲人。

一个阴雨的夜晚，西尔弗的战马被偷走了。清晨，他望着空空的马厩和偷马人留下的一串脚印，发誓要把心爱的马找回来。

西尔弗立刻带着一队人马沿着偷马人的脚印追踪到一个农场。农场里一匹枣红色的马昂头嘶叫着，西尔弗一看，那正是他的马。于是他报了警。

"你们一定是搞错了！这匹马是我一手养大的，怎么会是偷的呢？"农场主人当着警察的面说着。面对这样一个死不认账的偷马人，警察一时没有办法。是啊，马不会说话，凭什么作出正确判断呢？

"对啦，我的马有一只眼睛是瞎的。"西尔弗大声说。"是啊，我的马有一只眼睛去年被一个调皮的男孩用弹弓射瞎了。"偷马人顺着说。

　　西尔弗用双手蒙住马的双眼，对那个偷马人说："如果马真的是你的，那么，请告诉我们，马的哪只眼睛是瞎的？"偷马人犹豫了半天说："右眼。"西尔弗放开蒙住马右眼的手，马的右眼并不瞎。"我说错了，马的左眼是瞎的。"偷马人着急地说。西尔弗放开蒙住马左眼的手，马的左眼也不瞎。"我又说错了……"偷马人想狡辩。

　　"是的，你是错了。"警察说，"这些都说明了马不是你的，你必须把马还给西尔弗先生。"

勇敢的鱼孩儿

在意大利的那不勒斯港口，有一个叫尼科罗的小男孩，非常聪明活泼。在很小的时候，他就开始和父亲一起出海捕鱼。

只要一有空闲，他就会去海边拾贝壳、捉螃蟹，而且特别喜欢游泳。在水里游的速度远远比在陆地上走路快，除此以外，他还喜欢从高崖上跳到海里去和鱼儿们嬉戏玩耍。渐渐地，他爱上了游泳，再也离不开大海了。

　　长期的海水浸泡，使他的皮肤变得越来越光滑。不久，尼科罗就适应了海里的生活，住进了大海。

　　白天，他帮助渔民围捕鱼群；晚上，他为父母带回许多珍奇怪异的珊瑚和价值连城的珍珠，让他们过上了幸福美满的生活。

　　后来，整个那不勒斯港的人都知道了，大家都在谈论这个皮肤黝黑的小男孩。

　　很快，这个消息也传到了国王那里，国王非常好奇，从来没听说过有人能住在海里。于是，他派人把尼科罗请进了自己的宫殿，一见到尼科罗，他就向尼科罗打听许多关于海底的趣闻。

　　尼科罗耐心给他详细讲述了海底的见闻，从壮丽辉煌的珊瑚宫殿到古代大船上的奇珍异宝；从小如石子的虾蟹到大如山峦的鲸鱼……国王听得如痴如醉，特别是那些闪闪发光的珠宝更是让他蠢蠢欲动。

　　半信半疑的他打断了尼科罗的话，问道："西西里岛好像对

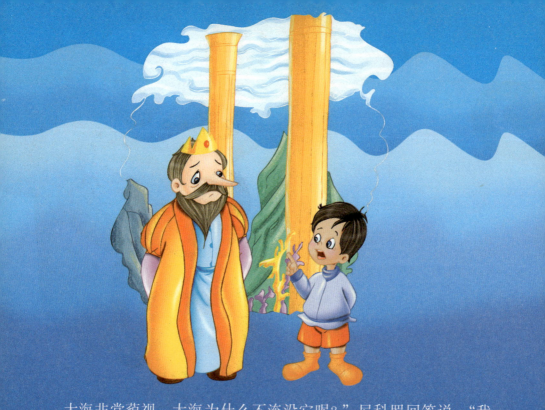

大海非常蔑视，大海为什么不淹没它呢？"尼科罗回答说："我还从来没去过那里，如果国王想知道，我可以马上前去为你打听。"国王点了点头，尼科罗便向大海走去。

一个月后，尼科罗回来告诉国王说："西西里岛由三根巨大的柱子支撑着，其中有一根已经被海水侵蚀得快不行了，估计很快就会倒塌。到时候，西西里岛也会随之淹没。"国王听了，非常震惊，不相信尼科罗的话是真的。

他想了一会儿后，对尼科罗说："你曾经对我说过，海底有许多奇珍异宝，但我从来没听人说过，而你现在又说西西里岛快要被大海淹没，我怎么相信你的话呢？"尼科罗没想到国王会怀疑自己，一时不知道怎么回答国王的问题。

这时，国王又说："这样吧，我叫人在墨西拿海峡向大海的最深处发射一颗炮弹，你如果能成功地把它带回来，就证明你说的话不是谎话。"尼科罗对自己非常有信心，立即答应了。

在场的大臣们都非常惊讶，觉得那是完全不可能做到的。第二天，国王命令士兵挑选出一门口径最大的铁炮来，并把它拖到墨西拿海峡，向大海的最深处发射了一颗炮弹。紧接着，尼科罗跳进了大海，飞快地向炮弹入水的地方游去。

尼科罗潜入海中，发现炮弹正在急速下沉，于是他拼命地划水跟在后面。慢慢地，炮弹下落的速度越来越快，水也越来越深，深得连鱼儿们都不敢去了。

人们围在海边，期待着尼科罗能早点抱着炮弹浮出水面，可过了很久，也不见他的影子。后来，那不勒斯的人们为了纪念尼科罗的勇敢和力量，专门在港口的岸边为他立了一块石像。

森林的音乐

小姑娘拉拉走在静静的山林里，看见了一只小狸猫。小狸猫站在一个小小的树洞前，仰望着天空。

拉拉很喜欢这只可爱的小狸猫，于是问："小家伙，你在看什么呢？"小狸猫将指头放在嘴边，轻轻地说："不要出声，听！"

听什么呢？拉拉什么也没听见呀。

小狸猫陶醉着说："听，森林里的音乐，多么动听呀，你要用心去听……"

森林里的音乐？拉拉从来没有听到过。

小狸猫又说："你听，树叶哗啦啦的，蟋蟀的叫声是那样的悠长，还有黄鹂的独唱，甚至还可以听见远处青蛙的呱呱声……"

拉拉闭上眼睛,仔细听着,风轻轻地从树梢掠过。

树叶的声音、蟋蟀的叫声、黄鹂的歌声、青蛙的合唱……一切的一切,都是那样的动听。

拉拉问小狸猫:"为什么以前我从来没有听见过这么美妙的森林音乐呢?"小狸猫眯着眼睛回答:"是因为你一直在赶路,从来没有停下来欣赏……"

拉拉又问:"森林音乐会什么时候结束呢?"小狸猫笑着回答:"永远也不会停止,夜晚的时候,夜鸟的鸣叫,也是那样的动听……"

拉拉告别了小狸猫,继续上路,很快就走出了森林。她要赶着去叫来自己的朋友们,一起来分享森林的音乐。

金星神

从前，在一片广阔的丛林里，住着一对老夫妇，他们有两个女儿：姐姐伊玛和妹妹杰娜。

一天晚上，伊玛正望着天上的金星——塔西那冈发呆，完全被他柔和的光芒吸引了。她情不自禁地说："爸爸，金星真好看，如果是我的，无论白天和夜晚，我都会和他永远厮守在一起，永远也不分离！"

父亲觉得女儿又在想入非非了，便神秘地说："说不定他已经听到你的话了，很可能会亲自来看你呢！"

深夜里，伊玛突然发现有人躺在她身旁，被吓得大叫："你是谁？想干什么？"

"亲爱的，不要怕！我就是金星——塔西那冈。听到你的话，我就来了。我想娶你做我的妻子。"伊玛赶紧叫醒父母点燃火把。没想到塔西那冈竟是个满头白发的老头。

伊玛连忙尖叫起来："你这个又老又丑的怪物，我怎么会嫁给你！"塔西那冈听了，伤心地痛哭起来。

妹妹杰娜看到可怜而痴心的塔西那冈，对他非常同情，便坚定地说："爸爸，我愿意嫁给他，让他做我的丈夫！"

塔西那冈一听，激动得一句话也说不出来。于是，他们选了一个好日子结成了夫妻。

就在他们成亲的那天晚上，塔西那冈半跪在地上，深情地对着他年轻貌美的妻子杰娜说："杰娜，我有一个宏伟的计划。我想在这片丛林里开垦出农田，种上谁也没见过的庄稼，让你成为世界上最幸福的女人！"

第二天，塔西那冈就来到丛林深处的河流边，对着流水悄悄地说了一阵子，不一会儿，远处便漂来各种各样的谷物种子。

　　塔西那冈跳进水中，把水中的谷物种子、玉米以及巴西木薯的插条捞了起来，这就是后来印第安人种植谷物的起源。

　　塔西那冈回到岸上，对杰娜说："我现在就开始伐树垦荒，你在家里做好饭等我。"说完以后，就带着种子到丛林里去了。

　　杰娜等了很久，也不见他回来，心想："塔西那冈干那么重的活，一定是累死了。"于是，就去丛林里找他。

　　杰娜见到他时，塔西那冈已经把耕地修整得非常漂亮了，而且变成了一位高大英俊的美男子。

他穿着一件色彩鲜艳的衣裳，脸上画着色彩斑斓的图案。微笑着向杰娜走来，牵着她的手回家。杰娜兴奋极了，把面目一新的塔西那冈介绍给了家人。

谁知，姐姐伊玛却说话了："杰娜，塔西那冈原本是我的丈夫，你别那么得意！"接着她又柔声细语地对塔西那冈说，"亲爱的，你要找的是我，不是杰娜！"

塔西那冈听了，生气地说："伊玛！别演戏了。同情、可怜那个不幸老头子的，是杰娜而不是你！我爱的是杰娜！"

塔西那冈说完这些话，走到杰娜身边，把她紧紧地拥抱在温暖宽厚的怀里，连看也没看伊玛一眼，就仿佛眼前根本没有她似的。

伊玛被内心的嫉忌和悔恨煎熬着，倒在地上昏了过去。就在她倒下的地方，飞出一只夜莺。直到现在，我们仍然可以在金星升起的夜晚，听到它那忧郁的叫声。

丹顶鹤王子

有一位丹顶鹤王子，他是丹顶鹤王国有史以来最英俊的王子，受到很多丹顶鹤贵族小姐的追求。

可是英俊的王子并不喜欢那些每天打扮得花枝招展的小姐，认为她们都是些从小娇生惯养、无事可做的懒姑娘。

王子很善良，总是乐意帮助穷人。

一天，王子来到郊外的一片沼泽地散步。这里离城堡很远，很少会有丹顶鹤来到这里。

王子刚想坐下来，就听见不远处传来一阵声响。走近一看，是一位穿着俭朴的丹顶鹤姑娘正在沼泽地里捉小鱼。

姑娘没有发现附近的王子，她专注地捉着鱼虾，捉了半篓子才停了下来。

王子悄悄地跟着姑娘，只见姑娘来到一间破旧的木屋子前，把篓子里的鱼虾拿出来，切碎后又端进了里屋。

王子隔着窗户看见姑娘正在细心地伺候一位老丹顶鹤婆婆吃东西。王子把一切都看在了眼里，安静地离开了。

第二天，王子带着宫中的大臣来到木屋，向善良的姑娘求婚。

姑娘看到王子来向自己求婚，惊讶极了，简直不敢相信。她觉得眼前的一切都只是梦境。但是王子是那样真实和真诚，于是姑娘羞涩地答应了。

王子和姑娘从此幸福地生活在了一起，还生下了一群可爱的孩子。

太阳温柔了

很久以前，太阳还很骄傲。为了显示自己的强大，它从早到晚都放出所有的光和热，很热、很刺眼。

温柔的月亮是太阳唯一的朋友，却经常被它嘲笑。"哈哈，看看你，就知道依靠我散发的光生活。你自己也发点光啊！"太阳又开始嘲笑月亮了。

"这个……你也知道我不会发光的。"月亮低声说。

"哼，除了偷我的光你还会做什么？没用的东西！"太阳越说越得意了，完全忘记了月亮是自己的朋友。

　　以前遇到这样的情况，月亮总是埋着头忍受着太阳的嘲笑。可是一次又一次的讥讽和嘲笑，终于超过了月亮的忍受极限，所以这次，它愤怒了。

　　月亮抬起头，平静地说："是的，我是借用了你的光，可是你看看，欣赏我的人有千千万万，那么多人在月光下散步、饮酒、作诗。而你呢？有谁曾欣赏过你，又有谁敢抬头看看你？你是那么骄傲，你的光芒是那么刺眼……"

　　太阳的头越来越低，它觉得自己的脸越来越烫。是啊，自己是那么骄傲，所以也是那么孤独。

　　瞧瞧今天，有多少人用动听的词语在赞美着朝阳和夕阳啊！那是因为太阳知道自己错了，它终于学会在适当的时候温柔一点了。

　　温柔的太阳和月亮一样受到了大家的喜爱。

阔嘴巴的青蛙

从前，有一只阔嘴巴青蛙在沼泽里生活。由于它的嘴巴比别的青蛙阔，所以它认为自己是沼泽里最特殊的动物。

有一天，它站在水边上欣赏着自己的倒影，看着看着，心里不禁难过起来，它想："既然我生来就如此与众不同，可是为什么还要我吃蚊子和小虫？这太不公平了。"

于是，它就站在一根树枝上，"呱呱呱"地大叫着说："我是独特的阔嘴巴青蛙，我应该吃高级的食物。谁能告诉我，什么食物最高级？"

它的声音吵醒了金丝猴，金丝猴说："我最爱吃野果、嫩芽和竹笋。这不适合你，你去问猫头鹰吧，也许它能帮助你。"

阔嘴巴青蛙找到猫头鹰，问："猫头鹰，我是阔嘴巴青蛙，请你告诉我哪种食物最高级？"

猫头鹰回答说："我最爱吃老鼠。既然你的嘴巴与众不同，那你一定不喜欢吃我最爱吃的老鼠。你去问鹿吧，它比我知道得多。"

阔嘴巴青蛙又找到鹿，说："我生来与别人不一样，听说你很聪明，你能告诉我哪种食物最高级吗？"

鹿说："我认为最好的食物是嫩树叶和野蔷薇，可我知道你是不吃这些东西的，你去问白鹭吧。"

阔嘴巴青蛙又去对白鹭说："我今天特地来请教你：哪种食物最好，最适合我阔嘴巴青蛙吃？"

白鹭说："我只爱吃新鲜鱼虾，可这都不是你吃的东西，你还是去问浣熊吧。"

阔嘴巴青蛙蹦蹦跳跳找到浣熊，提出问题。

浣熊回答说："我最爱吃大头虾和鱼，这些东西一定不合你的胃口，狐狸最聪明，你去问它吧。"

阔嘴巴青蛙好不容易找到了狐狸，问："狐狸先生，请你指点我，吃哪种食物才符合我的身份？"

狐狸也不知道，可它不愿承认自己的无能，就对阔嘴巴青蛙说："你去问鳄鱼吧，我知道它对这个问题最有研究，它一定不会让你失望的。"

阔嘴巴青蛙找了很久，才在一条河里找到鳄鱼。

阔嘴巴青蛙说："鳄鱼大王，请你告诉我，天下哪一种食物才配我吃啊？"

鳄鱼听完后，大笑着说："我最爱吃牛羊，可我也爱吃一只阔嘴巴青蛙。"鳄鱼说着，向阔嘴巴青蛙靠拢了过来。

阔嘴巴青蛙用尽力气逃跑，幸亏它动作敏捷，才逃离了鳄鱼的视线范围。

　　经过一天的四处奔走，这时天已经很晚了。虽然自己的问题仍然没有得到答案，但是这一天的奔走，已经让阔嘴巴青蛙精疲力竭了。

　　"不管了，先歇歇吧！"阔嘴巴青蛙忍不住这样想着。

　　阔嘴巴青蛙这一天没有吃过任何东西，它感觉又累又饿，肚子也不听话地"呱呱"叫起来。哎，它沮丧地坐在一块潮湿的青苔上，自言自语地说："这时候，要是有一只肥胖的大虫子或是大蚊子，让我饱餐一顿，那该多好啊！我从此以后再也不嫌弃它们了，只要能填饱我现在饥饿的肚子。"

　　阔嘴巴青蛙心里这样想着，眼睛也急切地向四周看去。可是周围什么都没有。

狮王生病

兽王狮子病了。它整天待在洞里，任何动物走到洞口，都会听到狮王痛苦的呻吟声。

动物们很怕狮王，平常谁不服它管教，它就会吃掉谁。现在狮王病了，动物们还是习惯让狮王管教。它们小声商量了半天，决定去洞里探望它，毕竟它是狮王呀。

动物们两三个一群地来到狮王山洞里，有的动物带了肉，有的动物带了一束草药。不过，这些动物再也没有走出山洞。

只有狐狸没去。

狮王躺在洞里回味着每种动物的肉味，发现少了狐狸肉的味道，就派狼去找狐狸，了解一下它为什么这么不懂礼貌。

"我们的狮王病得那么重，所有的动物都去看它了，为什么就你不去？"狼一见到狐狸，就责问它。

"这还用问吗？那些探望狮王的动物哪儿去了？还有洞口的各种动物的脚印都朝着洞里，却没有出来的脚印，这些又说明了什么呢？"狐狸讲出了自己的疑问。

都说狐狸狡猾，看来果真不假，狼心里暗暗佩服狐狸。

"你还要等什么呢？狮王没吃到我的肉，狼肉也不错啊！"狐狸巧妙地提示狼。

狼明白了狮王装病的原因，也明白了这种灾难迟早会落到自己头上，急急忙忙和狐狸跑到远方去了。

小猴找苹果

小猴子有一个又红又大的香苹果，它舍不得吃，天天出去玩都带在身上。

一天，小猴子在小河边玩，玩着玩着竟把苹果弄丢了。

它着急地四处寻找，见人就问，可是谁都没有见到。

这天，小猴子在山脚下遇到了善良可爱的小灰兔。

小灰兔说："我在山坡上捡到一个大苹果，不知道是不是你一直在找的那个苹果？"

小猴子一看，小灰兔手中的苹果颜色是青色的，不是自己的那个红苹果。可它又想："反正我的苹果已经找不到了，有总比没有强啊！"

于是，小猴子立刻就说是自己的。虽然很难吃，可它还是把青苹果吃了下去。

这时，小白兔捧了一个又红又大的苹果走了过来，问："小猴子，这个苹果是你的吗？"

小猴子一看，这不正是自己丢的那个苹果吗？可看到小灰兔在旁边，它只好支支吾吾地说："不……不是我的！"

不知道实情的小灰兔也说："对呀，它的苹果我已经给它啦！"

小白兔一听，说："既然不是你的，那我就只好去问问别人了。"说完，小白兔就走了。

这时，小猴子是多么的后悔啊！早知道，就不该那么贪心，结果吃亏的还是自己。

栀子花的将来

花园里的林荫道边种着一株齐腰高的栀子花。

它已经不怎么年轻了，艰难地熬过了漫长的冬天，终于等来了温暖的春天，开始用心地孕育花苞，准备开出芬芳扑鼻的花朵。

有一个姑娘走过来了。她一步一步走得很慢，似乎有什么心事，走到栀子花面前却突然停下了脚步。

栀子花觉得这个姑娘很眼熟，好像在哪里见过。对，还记得去年开花的时候，这位姑娘和一个英俊的年轻人也一起来过这里，那时她看起来是多么的开心幸福啊。

年轻人当时还想为她献上一朵栀子花，别在她的衣襟上。

姑娘拉住了他，笑着说："花要开在枝上才最美最香。"

于是，他们就在栀子花前开心地聊了许久，似乎有说不完的话题，栀子花也努力地释放出迷人的花香陪伴着他们。

可是，姑娘现在看起来好像很不开心。

栀子花隐隐约约猜到了原因，因为在它的生命里，看到了太多这样的事情。

可是，栀子花什么也做不了。

它多希望姑娘可以明白：她现在看到的栀子花，虽然只有叶子还没有美丽的花朵，但是，不久的将来，就可以看见满枝的栀子花了，那时就会有不一样的心情。那么她曾经历的一切痛苦也会随着时间而被淡忘的。

智慧女神雅典娜

在古希腊神话里，雅典娜是所有神仙中最聪明、最能干的一个女神。她的父亲就是力大无穷的天父——宙斯，而她的母亲就是智慧女神。

当雅典娜即将出世的时候，天父宙斯却突然害怕起来，因为他担心妻子会生出一个和自己一样强大，和智慧女神一样聪明的孩子来。到时候，他将很难控制这个孩子，自己在神界里的统治地位也会受到威胁，因此，他心里感到非常不安。

一天，宙斯趁妻子智慧女神睡熟后，便张开大嘴，把还没有出生的雅典娜一口气吞了下去，心情这才好了起来。

可没想到过了几天，宙斯的头突然疼了起来，好像里面有个

什么东西在拼命膨胀似
地。宙斯实在是受不了了，
便把铁匠神喊来，叫他用
斧子将自己的头劈开，找
出头疼的原因。

铁匠神遵照宙斯的旨意，举起大斧向他的头上砍去。"哐哧"
一声，一个身穿铠甲的女孩子从里面跳了出来，这女孩就是雅
典娜。

雅典娜长大以后，便运用自己超群的智慧来帮助人们。她
发明了耕田用的犁和耙，还教会人们如何纺织、造车、修房、
放牧，不久，人们就过上了幸福祥和的生活，大家都非常感谢
和尊敬她。性情孤傲的海神波赛冬知道后，却很不服气，来到
希腊找到雅典娜非要和她一决高低才肯罢休。

神仙们听说了，都纷纷前来劝说，希望能和平解决这件事
情。可波赛冬根本不理会，坚持要和雅典娜比一场。最后，宙
斯给他们出了一道题目：谁能给人类一件最有用的礼物，谁就
是胜利者。

几天过后，比赛终于开始了。天上的神仙全都赶来观战，天界广场上座无虚席。这时，手握长矛的雅典娜和肩扛三股叉的波赛冬出现在了广场中央。

波赛冬首先展示，只见他迈着大步走到一个山峰上，用三股叉猛地往地上一插，山峰一下子被劈成了两半，接着从里面跑出一匹高大威武的白马。

波赛冬得意地对众神说："这白色的战马就是我送给人类的礼物，我不知道这个世界上还有什么比它更有用的了？"说完，他回头瞅了一眼雅典娜，然后回到了自己的位置上。这时，雅典娜慢慢地走到一块空地上，将一粒种子埋进了土里。不一会儿，种子就长成了一棵绿色的橄榄树。大家见了，都非常吃惊，不知道这普通得不能再普通的橄榄树会有什么好处？

雅典娜不慌不忙地对众神解释说："我送给人类的橄榄树要比波赛冬的战马好出几千倍，战马只会给人类带去战争的痛苦和死亡的恐惧，而我的橄榄树将给人类带去幸福和光明。大家说，谁的礼物更好呢?"宙斯听了，露出满意的笑容，立即宣布比赛结果:"人类需要的是和平，而不是战争，雅典娜是最后的胜利者。"神仙们听了，全都举手表示赞成，波赛冬非常气愤，趁大家不注意，灰溜溜地离开了广场。

　　从此以后，橄榄树就成了和平友谊的象征，而雅典娜则成了雅典城的保护神。为了永远地纪念她，人们在城堡上建造了一座神庙，并用黄金和象牙塑造了一座雅典娜神像。

水宝贝

水宝贝一直住在清澈的水流里，每天随着水流奔到四处玩耍，可开心了，大家常常听到它在水里"哗哗"地笑着。

可是现在，已经很久很久没有听到水宝贝的笑声了。

水宝贝的好朋友小青蛙在一条脏乎乎的小溪里发现了水宝贝，它正趴在岸边，一动也不动，变得又黄又瘦。

呀！这是怎么回事啊？

青蛙连忙跳了过去，大声问水宝贝："水宝贝，水宝贝，你是怎么了？你生病了吗？我是你的朋友小青蛙啊，你快点抬头看看我呀，可不要吓唬我啊。"青蛙有些慌乱了。

　　水宝贝看见是青蛙，眼泪就大滴大滴地落了下来，低沉地说："人类不断地用脏东西污染我，我的身体已经抵抗不了了。青蛙，你说，人类还是我们的朋友吗？"

　　青蛙听了，难过地低下了头，既为水宝贝，也为自己遭受不幸的同胞们。它安慰水宝贝说："水宝贝，虽然有些人类对我们不好，但是我相信，还有更多的人类是爱护我们的。"

　　水宝贝听了，擦干了眼泪，说："青蛙，你说得对，我们应该好好地生活下去，不能因为一些人对我们不好就丧气。我们应该为了那些需要我们的人做更多的事情。"

　　说完，水宝贝振作起精神来，和青蛙一起，奔向了远方。

第一个回到地球的人

小朋友，你知道谁是第一个登陆月球的人吗？

第一次登陆月球的太空人，其实共有两位。除了大家所熟知的阿姆斯特朗外，还有一位是奥德伦。当阿姆斯特朗在月球上踏出第一步的时候，他说："这是我个人的一小步，却是全人类的一大步。"这句话，也成了家喻户晓的名言。

在庆祝登陆月球成功的记者会中，有一个记者突然向奥德伦提出了一个很特别的问题："当时你们都在太空船里，但却由阿姆斯特朗第一个下去，成为登陆月球的第一个人。现在所有的人只看见他的那一步，你会不会觉得有点遗憾？"

这个问题很尖锐，大家都尴尬地望着奥德伦。

奥德伦却很有风度地回答："是的，阿姆斯特朗的确是第一个登陆月球的地球人，但各位别忘了，回到地球时，我可是最先出太空舱的！"说到这里，奥德伦停顿了一下。他环顾四周，看着大家疑惑的表情，笑着说："所以我是由别的星球来到地球的第一个人。"听了他的话，大家都笑了，并为他的精彩回答热烈地鼓掌。

从这个故事，你明白了什么道理？其实我们没必要太在乎个人的成功，团队的成功也是你的成功，同样也有你的功劳。

给老虎的忠告

老虎是森林王国的统治者，没有任何动物敢冒犯它的威严。

有一天，老虎问猴子："你是我最器重的大臣，我希望能得到你宝贵的意见。"猴子立即堆着满脸的笑，说："您是我最崇拜的国王殿下，您有什么事情尽管吩咐。"

"既然如此，"老虎说，"为什么我每次犯错误时，都得不到你的忠告呢？"

猴子想了想，小心翼翼地说："作为您的大臣，我对您实在是太崇拜了，所以看不到您的缺点。也许您应该去问一问狐狸。"

　　老虎又去问狐狸。狐狸眼珠转了一转，它可不想因为这件事而触犯国王。

　　狐狸能说会道，它立刻讨好地对国王说："猴子说得对！您那么伟大，我又这样无能，怎么能看出您的错误呢？也许聪明的狼能指出您的错误吧。"

　　老虎又去问狼。狼也不傻，它满脸堆笑，摇头晃脑地回答："国王呀，我最亲爱的国王呀，您怎么可能犯错误呢？只有我们这些愚蠢的臣民才会常常做错事情呀！"

　　从三个大臣那里，老虎得不到一点好的建议，于是老虎向智慧老人请教。智慧老人笑着对老虎说："假如您的脾气仍旧那么暴躁，牙齿仍旧那么锋利，那您永远也听不到臣民的实话。"

少年的梦想

　　少年穿着又肥又大的白衣服，戴着白帽子，呆呆地坐在餐馆的柜台前。

　　做饭店的老板，可不是他的理想，他唯一的愿望就是到城里学画画。可父亲却强迫少年继承自己的事业，让这个爱画画的少年整天坐在柜台前。

　　少年的心思根本就不在餐馆上，他做的煎鸡蛋，又糊又焦；他做的牛排，没盐没味；他煮的面条，就像糨糊。

　　玻璃门在风中吱吱颤抖。窗户那边，隐约传来枯叶在步行

道上舞动的声音。

"啊啊啊，一切都完啦！"少年发出沉重的叹息。"干嘛垂头丧气的？这一点也不像你，年轻人要打起精神面对生活。"一片枯叶说。

少年没想到枯叶也会说话，被吓了一跳，他把自己的心事讲给了它听。枯叶说："顺着这条大道一直往前走，路的尽头，有一个小木屋，里面住着一个老画家。春天的时候，他为我的母亲——一棵大树画过画。你拿着我去找他，老画家就会知道，这是故人的名片。"

少年的希望被点燃了，于是当夜就悄悄地跑了出去，一直走到位于大道尽头的小木屋里。

老画家答应了少年的要求，他开始教这个孩子画画。

几年以后，少年成了小有名气的画家。他一直在想念自己的父亲，于是他带着自己的成绩回到了家乡。父亲由于想念儿子，头发都白了。看到儿子平安回来，父亲欣慰地笑了。

玫瑰肥皂

有一个老奶奶，在山谷的小村里开了一间杂货店。狭窄的店堂里堆满了手纸、化妆品、牙刷、扫帚，以及笔记本、铅笔等一些小东西。

有一天，这个小铺子有了奇怪的味道，是什么呢？走进铺子里的人都在到处寻找着，终于有人发现，角落里堆着好几堆雪白的四方形的肥皂。

"这肥皂，有一股好闻的玫瑰味道呢。"有人说。这几堆肥皂很快就卖完了，人们都在猜测，这么好闻的肥皂是谁做出来的。

有人打趣地说："或许是有玫瑰仙子在帮助老奶奶吧？"老奶奶笑眯眯地说："你们去猜吧，我只要

有很多很多的玫瑰肥皂就好了。"

果然，从此以后，老奶奶的铺子里总是有几堆肥皂。卖完了，很快又会堆满，好像怎么也卖不完。冬天到了，顾客们发现，玫瑰肥皂似乎越来越少了。到了冬季快结束的时候，玫瑰肥皂只有几块啦。

买肥皂的人都着急了，他们生怕再也没有这么好闻的肥皂了。可老奶奶一点也不着急，她说："等春天到了，玫瑰花开的时候，咱们还会有很多很多的玫瑰肥皂的。"

究竟是谁帮老奶奶做的肥皂呢，小老鼠不知道，小麻雀也不知道，但后山的猴子却知道。它们现在正在窝里吃着用肥皂换来的栗子呢！现在冬天再也不用挨饿了，人们也喜欢它们制作的肥皂，这可真好。

小猪的好宝贝

　　小猪有一个好宝贝，它可喜欢了，放在怀里怕丢了，放在手里怕碎了，放在嘴里吧又怕化了。有一天，小猪发现自己的好宝贝不见了，这可怎么办呀？

　　"呜……呜……我的好宝贝丢了。"小猪急得哭了起来。小喜鹊听到哭声，跑过来问："小猪，你怎么啦？"

　　"我的好宝贝不见了。"小猪哭着说道。小喜鹊问："什么样的好宝贝呀？我帮你找找。""我的好宝贝长着金黄色的头发。""哦，我看见过你的好宝贝，跟我来。"

　　热心的小喜鹊把小猪带到了一个大山洞。"看，你的好宝贝在这里！"小喜鹊叫道。

小猪朝山洞里一看，这哪里是它的好宝贝呀，明明是一只长着金发的狮子。它"呼呼"地打着呼噜，睡得正香呢。

"这不是我的好宝贝。"小猪没找到好宝贝，哭得更加伤心了。小猴子听到哭声，从树上跳下来问："小猪，你怎么啦？"

"我的好宝贝不见了。""你的好宝贝长什么样呀？"我的好宝贝穿了好多小衣服。"

"哦，我知道了！"小猴子拉着小猪一溜小跑，来到了一片竹林。地上立着好多大竹笋，它们的身上裹了一层又一层的外皮，就像穿了好多小衣服。小猴子说："看，你的好宝贝在这里！"

"这不是我的好宝贝。"小猪摇着头说，"我的好宝贝长着好多小珍珠！"

"啊？这样的好宝贝，我可没见过。"

小猪只好自己继续去找好宝贝了。

魔法手指

很早以前就听说小狐狸会法术，小男孩马克一直想找到它。

这天，马克独自在草原上玩，看见山坡下有个小小的商店，门口有块蓝色招牌，写着：小狐狸魔法店。招牌下面，规规矩矩地站着一个围着藏青色围裙的小狐狸。

"你就是那只会魔法的小狐狸？"马克高兴地问。

小狐狸骄傲地点点头，它笑着回答："欢迎光临，请进。"

马克高高兴兴地走进了小狐狸的魔法店，店里是泥土铺的地面和墙壁，里面整齐地放着五把白桦木做的椅子，还有漂亮的桌子。"你会什么魔法？"马克问。"你想学什么魔法？"小狐狸问。

马克突然哭了起来，这把小狐狸吓了一跳。

"你怎么了？为什么哭啊？"小狐狸焦急地问。

马克回答："我妈妈在我很小的时候就离开我了，我很想再见见她。"

小狐狸回答："没问题，我可以帮你。"

"你真的可以帮我吗？"马克破涕为笑。

"是的，我可以帮你。我这里有种法术能看见过去发生的事情。"小狐狸坚定地回答。

马克高兴地点点头，让小狐狸在自己的手指上施了魔法。

马克把两手合在一起，施了魔法的四根手指头，组成菱形的窗户：他看见妈妈了，妈妈正对着他微笑呢！

马克开心地告别了小狐狸，因为从此，他再也不孤单了，总是能看到妈妈在对自己微笑。

富人和女工

有一个富人，聘请了几个女工来家干活。富人怕女工们偷懒，便去市场买回来一只大公鸡。只要公鸡一叫，富人就让女工们下田干活。然而，不管女工们怎样卖命干活，吝啬的富人都只会给她们一点食物和少得可怜的工资。女工们纷纷抱怨起来，还想出许多办法来要求富人增加工资，可这一切，全被狡猾的富人拒绝了。

这天深夜，女工们等富人睡熟后，又开始商量起对付富人的办法来。其中一个胖乎乎的女工对大家说："虽然我们不能要求富人多给工资，但是可以想办法少干活啊！"女工们听了，都说这是个好提议。

可是，如何才能少干活，又不被富人发现呢？女工们认为自己每天一大早起床，完全是因为那只公鸡的叫声。只要让它别叫，自己就不用起那么早了。

一个胆子大的女工偷偷溜进鸡舍，把那只大公鸡拧死后带了回来，和其他女工大吃了一顿。第二天，富人听不见公鸡的叫声，果然很晚才叫她们起床干活。

可这样的好日子并没有维持几天。不久，富人就借口公鸡死了，分不清什么时候该叫醒她们，便做了一个新规定：只要他本人一叫，女工们就要起床干活。这样一来，女工们更苦了。有时候富人半夜随便叫一声，她们也要起来。

爷爷、儿子和孙子

在非洲的一个山村里，住着爷爷、儿子和孙子一家三口人。爷爷年轻的时候，通过辛勤的劳动撑起了这个家。现在他老了，体力早已经不像以前那么好了。

一次，爷爷上山打猎，遇见了狮子。在逃跑的时候，不小心从山坡上摔了下来，把腿脚给摔断了，只能呆在床上，无法动弹。因此，儿子开始嫌弃起爷爷来。吃饭的时候，只给爷爷一点食物。到了冬天，只给爷爷一件单薄的衣服穿。孙子看到

爷爷很可怜，便偷偷给爷爷送吃的穿的。

随着日子一天天地过去，爷爷的身体越来越不好，连说话的力气都没有了。

儿子看到爷爷即将死去，决定把爷爷带到山上丢掉。谁知，这个消息却意外地被孙子听到了。

一天晚上，儿子将爷爷装进一个箩筐里，起身向山上走去。孙子跟着父亲来到了一座高山上。儿子对爷爷说："爸爸，我们家太穷了，实在养不了那么多人，你还是早点上天国去享清福吧！"说完，就准备把爷爷推下山崖。就在这时，孙子在后面叫了起来："爸爸，如果你把爷爷推下去，等你老后，我也会这样对你的。"孙子的爸爸听了儿子的话，吓得浑身发抖，终于明白了什么叫言传身教。他赶紧把爷爷背回家，精心照顾，再也不敢对他不好了。

阿波罗

据希腊神话记载，在众多的奥林波斯山神中，主神宙斯和雷托的儿子阿波罗最受推崇。

雷托和天后赫拉不和，赫拉便将她驱赶得四处流浪。雷托走投无路，跌落在海中。在无边无际的海水中，她惊慌失措，大声呼救着，但没有人敢帮助她。海神波塞冬发现了这位困在绝境中的可怜女子，当时雷托已经没有任何力气了，只是无助地随着波浪起伏。海神波塞冬怜悯她，将她从海中捞起，并送上了陆地——提落岛。

提落岛是个无人的小岛，天后赫拉的威力无法延伸到这里。在岛上，雷托生了孪生儿

子，雷托为他们分别取名为
阿波罗和阿尔特弥斯。两个
孩子十分健康，眼睛又大又
亮。孩子的出世带给母亲无限
的快乐，他们一天一天长大，
越来越能干。

后来，阿波罗成为了太阳
神。清晨他身着紫色长袍，坐
在那明亮的东方宫殿，准备
开始每日穿越天空的旅行。

每一个白天，阿波罗都会驾着用金子和象牙制成的战车，
在天空中驰骋。他路过的地方，黑暗就变成了光明，阴冷就变
成了温暖。人们是这样地敬仰他，因为只有他才能给广阔无垠
的大地带来光明、生命和仁爱。

黄昏时分，阿波罗的战车行驶到了西海，这里就是他的目
的地。阿波罗在遥远的西海结束了旅行，他充满深情地回望着
生机盎然的世界，然后乘上金船返回东方的家中。随着阿波罗
的离开，世界重陷于黑暗，潮湿和寒冷成为了主宰。人们又开
始等待第二天朝阳的到来，每一天都是这样，阿波罗从未和这
个世界爽约，因为他是伟大的太阳神。

阿波罗还是音乐神和诗神。他可唤起人们倾注于圣歌中的各种情感。在奥林波斯山上，他手拿金质里拉，用悦耳的音调指挥缪斯的合唱。波塞冬建造特洛伊城墙时，由于长时间的劳作，身心都非常疲惫。他无奈地向阿波罗求助，希望他能帮助自己。

阿波罗只是微微一笑，然后演奏起了里拉。里拉奏出的音乐非常动听，连石头也被感动了，它们有节奏地、自动地各就其位，整整齐齐地砌完了城墙。波塞冬抄着双手，望着这奇迹，惊讶极了！

还有一次，阿波罗接受凡人音乐家马斯亚斯的挑战参加一次竞赛。马斯亚斯十分狂妄，比赛前他十分自信地宣扬："要是我输了，就自愿

被剥皮！”阿波罗轻而易举地就赢得了比赛，战胜对方后，他真的将对手剥皮以惩罚他的狂妄自大。

而在另一场比赛中，阿波罗就没那么走运了，他输给了潘神。从来没有失败过的阿波罗恼羞成怒，于是就将裁判迈尔斯国王的耳朵变成了驴耳朵。阿波罗的儿子俄耳甫斯继承了父亲在音乐方面的才能，他的竖琴使人与动物皆受感动。

在古希腊神话中，阿波罗象征着青春和男子汉的美。他金色的头发、庄重的举止、容光焕发的神态，都让世人倾倒。一位名叫克里提的少女就非常崇拜阿波罗，她双手伸向太阳神，呼唤着阿波罗的名字，虔诚地跪在地上。从黎明到黄昏，她一直凝望着那金色的战车，一动也不动。高傲的阿波罗却从来不理睬她，但克里提仍然坚持着，日复一日。目睹这悲哀的场面，众神深受感动，将克里提变成了一株向日葵，永远向着太阳。

可恶的老猪公

有一只野猪上了年纪，而且没儿没女，只好一个人到处流浪。大家都叫它老猪公。

一天，老猪公在森林深处发现一个猪的部落，便混了进去，跟它们住在一起。那些猪身强力壮，能在烈日酷暑下狩猎，能长途跋涉寻找食物。它们嫌它年老体弱，又很懒惰，就把它甩了。过了一些日子，这些猪发现老猪公不但没有饿死，反而越活越健壮，好像吃了仙丹妙药似的。它们起了疑心，便暗中对它进行监视。

一天早晨，一只小母猪从岩石旁走过。突然，老猪公从暗处跳出来，举起标枪向小母猪投去，小母猪还没来得及喊叫，就倒下了。这一切都被躲在树丛里跟踪它的猪看个一清二楚。

这只猪赶紧赶回部落，把它亲眼见到的事情讲了一遍，大家这才明白，近来部落内常常有小猪失踪，原来都是被这个老猪公给害了。大家一致决定把这只可恶的老猪公干掉。

这天晚上，月亮躲到云层里，天黑得伸手不见五指。几十只猪悄悄地包围了那只老猪公。它正在呼呼大睡，做着美梦呢。

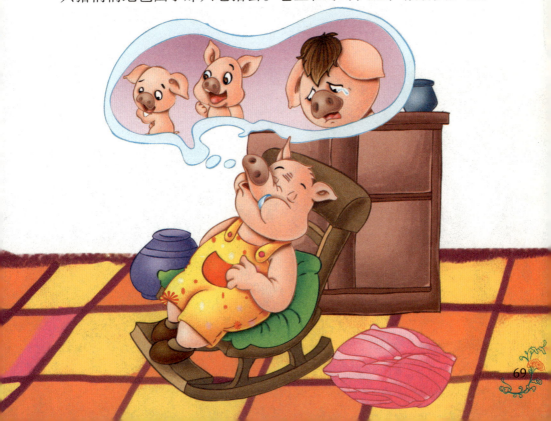

"好啊，又来了一只小猪……"

听它在睡梦中还惦记着吃小猪，大家可气坏了，纷纷将手中的标枪投过去。只听它大叫一声，昏死了过去。心腹大患除掉了，这些猪便高高兴兴地返回了营地。

其实，那只老猪公并没有死，它忍着剧痛，爬进蜘蛛的洞中。他躺在洞底，一直呆到全身创伤愈合，但是它背上标枪林立，已死死地长在肉里，无法拔出去了。渐渐地，这些标枪变成了尖利的刺，于是人们就管它叫豪猪。

赫拉克勒斯

赫拉克勒斯是宙斯与情人阿尔克墨涅所生的儿子。阿尔克墨涅是珀耳修斯的孙女，底比斯国王安菲特律翁的妻子。安菲特律翁是泰林斯国王，但后来离开了那个城市，移居底比斯。

宙斯的妻子赫拉恨死了这个孩子，因为宙斯曾经向众神预言，他的这个儿子前途无量，将来大有作为。生下赫拉克勒斯时，阿尔克墨涅担心儿子被赫拉陷害，于是将他放在篮里，偷偷地拎出了王宫。

她将儿子带到了王宫外的原野上，她害怕孩子被阳光晒伤，于是细心地在篮子上盖了一点稻草。安置好了儿子，这个可怜的母亲一步一回头地走了。这地方后来被称为赫拉克勒斯田野。不久，雅典娜和赫拉正好经过安置孩子的地方。雅典娜一眼就看见了那个盖着稻草的篮子，她好奇地掀开了它。

赫拉克勒斯正好醒着，乌溜溜的大眼睛不停转动着。雅典娜看到孩子生得这么漂亮，心中产生了怜悯，便劝赫拉给孩子喂奶。

赫拉看到孩子可爱的样子，也十分喜欢，于是将他抱在了自己的怀里。饿极了的小婴儿毫不客气，张开小嘴，贪婪地吮吸她的乳汁。赫拉觉得很疼，于是生气地将孩子扔到地上。雅典娜同情地把孩子抱起来，交给王后阿尔克墨涅代为抚养。

阿尔克墨涅一眼就认出这是自己的儿子，她高兴地把孩子放进了摇篮。幸运的是，赫拉克勒斯由于吮吸了天后赫拉的乳汁，因此从一个凡人变成了神仙。

聪明的赫拉很快就明白那个吸她奶的孩子是谁，而且知道他现在又回到了宫殿，十分后悔当时没把孩子除掉。

经过考虑，赫拉随即派出两条可怕的毒蛇，让它们爬进宫殿去杀害赫拉克勒斯。当时正是深夜，母亲躺在床上睡得香极了，她一点也没察觉到危险。两条毒蛇从敞开的房门钻进了寝室，它们轻轻地爬上了孩子的摇篮，用大尾巴紧紧地缠住孩子的脖子。

赫拉克勒斯大叫一声醒了过来。他抬起头，四面张望，只是感到脖子被缠得难受。这时候，他的潜能被激发了，他伸出自己的小手，用力一捏，竟然把两条蛇同时捏死了。

阿尔克墨涅被孩子的叫声惊醒。她赤着脚，奔了过来，大喊救命。当看到两条大蛇的时候，她的腿都软了，她觉得孩子已经凶多吉少。为了儿子，这位勇敢的母亲鼓足勇气将蛇从儿子手上夺了下来，但很快她就发现两条大蛇已死在孩子手上了。

阿尔克墨涅非常惊喜，但她并不明白这个小小的婴孩为什么有这么大的力气。就在母亲呼救的时候，底比斯王室的贵族们都全副武装地涌进寝室，就连国王安菲特律翁也来了。

这位善良的国王并没有因为儿子不是自己亲生的而歧视他，反而更加疼爱孩子，把他看作宙斯赐予的礼物。当他听到并看到所发生的事情时，同样又惊又喜，为这个孩子拥有的神力而感到自豪。

后来，安菲特律翁派人找来底比斯的盲人占卜者提瑞西阿斯。这位占卜者被宙斯赋予了能够预言未来的能力。他当着大家的面说出了孩子的未来：他长大以后，将杀死陆上和海里的怪物，战胜巨人。在他历尽艰险后，他将成为真正的神，名叫赫拉克勒斯。

饺子皮

有个富家子弟特别爱吃饺子，每天都要到一家知名的饺子铺去吃。但他每次都只吃馅，而把饺子皮丢在桌子上。十八岁那年，这个富家子弟的家道败落了。不久以后，父母也相继去世了。

后来，这个年轻人已经穷得身无分文了，甚至连一碗饺子也买不起。这一天，他正好从饺子铺经过，肚子饿得咕咕直叫。

铺子的老板忽然将这个年轻人叫住，并且给了他一碗面片。这是多么鲜美的面片呀！饿了几天的年轻人一口气就吃光了。

老板对年轻人说:"小伙子,别泄气,咬咬牙,什么困难都会挺过去的。以后你每天到这儿来,我给你准备吃的,你只管好好读书。"

以后,这位好心的老板每餐都会给他准备一碗鲜美的面片汤。年轻人非常感激老板,于是像换了一个人似的开始发奋读书。一年以后,他金榜题名,当上了大官。

大官回到饺子铺,要重金感谢饺子铺的老板。老板却告诉他:"不要感谢我,我没有给你什么,那些面片汤里的面片都是我收集的当年你丢的饺子皮。我把它们晒干后装了好几麻袋呢!"

大官简直不敢相信自己的耳朵,为自己曾经奢侈浪费的生活感到后悔莫及。

金苹果

宙斯跟赫拉结婚时，所有的神都给他们送上了新婚贺礼。大地女神该亚的礼物最特别，她千里迢迢地从西海岸带来一棵结满了金苹果的大树。金色的苹果配着绿色的叶子，晃得众神眼睛都花了。

宙斯和赫拉很看中这份礼物，他们命令夜神的女儿赫斯珀里得斯守护着种植这棵大树的圣园；同时，他们还命令百头巨龙拉冬协助她们看守。拉冬是百怪之父福耳库斯和大地之女刻托所生的怪物，它最奇怪的一个特点是——不论是春夏秋冬，还是白天晚上，从不睡觉。

拉冬个头巨大，当它走动时，一路上总会发出震耳欲聋的响声，因为它的一百张嘴能发出一百种不同的声音。每当拉冬到来时，小动物们都吓得东躲西窜，可它却满不在乎。

按照欧律斯透斯的命令，赫拉克勒斯必须从巨龙那儿摘取赫斯珀里得斯的金苹果。为了完成这项艰巨的任务，赫拉克勒斯踏上了漫长而艰险的旅途。可他既不知道赫斯珀里得斯到底住在哪里，也不知道金苹果树在哪里，他只好漫无目的地走着。

赫拉克勒斯无奈地想："既然毫无头绪，我只好走一步算一步了，也许我会有好运气，恰好发现金苹果呢！"

走呀走呀，赫拉克勒斯首先来到帖撒利，那是巨人忒耳默罗斯居住的地方。他非常凶狠，脾气暴躁，跟别人说话一语不合，就会大发雷霆。

忒耳默罗斯仗着自己有坚硬的头颅，一点也不把来往的人放在眼里，假如他正好脾气不好，那么就会追逐过往的旅客，并且将他狠狠顶死。

但也有例外的时候，这次忒耳默罗斯就不走运了。他将自己的大脑袋发疯似的撞向恰巧经过此地的赫拉克勒斯，结果自己反而被撞死了。赫拉克勒斯继续赶路，来到埃希杜罗斯河附近，又遇到了一个怪物，那是战神阿瑞斯和波瑞涅的儿子库克诺斯。

赫拉克勒斯正因为寻找不到金苹果而烦心，他走向前去问路。库克诺斯也是个坏脾气的家伙，他不仅不回答，还向赫拉克勒斯挑战，却当场被赫拉克勒斯打死。

阿瑞斯得知儿子的死讯非常愤怒，急忙赶了过来，要为死去的儿子报仇。赫拉克勒斯躲闪不了，只得迎战。

战神阿瑞斯和赫拉克勒斯一样，都是宙斯的儿子，只是他们都不知道。宙斯不愿意任何一个孩子受伤，就用一道雷电把他们隔开了。赫拉克勒斯继续前进，穿过伊利里亚，跨过埃利达努斯河，来到一群山林水泽女神的面前。赫拉克勒斯向她们问路。女神们要他找预言家河神涅柔斯，这下子他终于有了金苹果的详细地址。

　　赫拉克勒斯继续上路，来到了塞浦路斯。统治那里的国王乃是波塞冬和吕茜阿那萨的儿子波席列斯。在连续九年的干旱后，塞浦路斯的一个预言家宣布了一个残酷的神谕：为了解除干旱，必须每年向宙斯献祭一个外乡人。国王觉得很有道理，于是将预言家作为第一个祭品杀死。

　　后来，干旱有所缓解，国王变本加厉，要杀所有的外乡人。赫拉克勒斯也被抓了起来，被捆绑着送到圣坛前。赫拉克勒斯却挣脱了捆绑的绳子，把波席列斯国王连同他的儿子和祭司统统杀死了，然后继续前进。

　　后来，赫拉克勒斯在高加索山上释放了被缚的普罗米修斯，并在他的指引下，来到了阿特拉斯背负青天的地方，在那附近就是赫斯珀里得斯看守金苹果的圣园。

　　普罗米修斯建议赫拉克勒斯不要亲自去摘金苹果,最好派正在执行顶天任务的阿特拉斯去完成这个任务。赫拉克勒斯认为这是一个好主意,于是接替了阿特拉斯的顶天任务,让他帮助自己摘取金苹果。阿特拉斯成功地杀死了巨龙,并且骗过了看守的仙女们,摘了三个金苹果,高高兴兴地回到赫拉克勒斯的面前。

　　赫拉克勒斯完成了任务,成功地把金苹果带给了国王欧律斯透斯。国王把金苹果供在雅典娜的圣坛上,后来女神又把金苹果送回到原来的地方,让它们在苹果树上继续生长。

运神像的驴子

在古代的一个地方，人们非常崇拜神，祈求着神的保佑。在屋梁、墙壁、天花板……到处都看得到神的雕塑。在商人中间，还有一个不成文的规矩：开店营业之前，必须弄一座神的雕像竖在门口，这样生意才会红火。

有一个青年人想在最繁华的街道开一家薄饼店，可经济上很困难，他买不起新的神像，就决定把自己家门前的神像先搬过来，等赚了钱再买一尊新的。

于是，青年人牵来驴车，准备将门前的神像搬到市场去。

路上，毛驴驮着神像，呼哧呼哧地走着，它心想："这么热的天，我还要运这么重的石像，可真是命苦啊！"

可没走多远，毛驴就改变了看法。因为它看到路人对着自己纷纷跪下，低头膜拜起来。这可把毛驴乐坏了，它想："原来还有这么多人崇拜我啊，我得走出精神才行啊！"毛驴挺着胸，昂起头，迈着矫健的步子走了起来。渐渐地，路人越来越多，很快就把驴车围了个水泄不通。

这时，青年人见毛驴越走越慢，有些着急了，便拿出鞭子"啪"的一声打在毛驴身上。这一下，把正在做美梦的毛驴给打醒了。青年人骂了一句："你这头蠢驴，人们可不是在膜拜你，而是你驮的神像！"毛驴这才明白过来，垂头丧气地进了市场。

苍蝇与麻雀

有一天，玉皇大帝正在吃饭，忽然飞来一只苍蝇，落在那些美味上就贪婪地吃起来。玉帝大怒，当场就下了一道诏书："以后不论是飞禽走兽，还是虫蛇鱼虾，只要祸害别人，一概捉拿问罪。"

诏书贴遍天下，无人不知。玉皇大帝以为这一下就没事了，又坐下来吃饭。你要知道，苍蝇是见了好吃的就不要命的东西，一闻到香味又飞来了。

这一下可把玉帝惹火了，一声令下，左右侍卫一拥而上，很快就把苍蝇捉住了。苍蝇见自己闯了大祸，吓得魂飞魄散，赶忙跪了下来，抬起两只前爪合掌求饶。

玉帝见苍蝇这个样子，觉得又可气又可笑，就说："让我饶你也可以，但是你得立一件功劳，告诉我除了你之外，还有谁最爱祸害别人。"

苍蝇与麻雀一向交情不错，但为了活命，就把麻雀出卖了："要说最爱祸害别人的，我看就是麻雀。春天，农民刚把种子播到地里，它就把种子抠出来吃掉；秋天，地里的庄稼刚刚成熟，它就飞去又偷又抢……"

玉帝一听还有这种事情，马上下令捉拿麻雀。不大功夫，麻雀就被带到玉帝面前。玉帝把它的罪行说了一遍，就命令天兵用鞭子狠狠抽打麻雀的双腿。麻雀连声哀叫，弯起小腿不停地跳着，躲闪着鞭子。

麻雀挨完了鞭子，向玉帝表示再也不敢作恶了，就哀求玉帝放它走。玉帝说："放你走也不难，但你得告诉我，除了你之外，还有谁最爱祸害别人。"

麻雀心想，它最了解的就是苍蝇了，看来要想活命，只有出卖苍蝇了："这世界上专门祸害别人的只有苍蝇。它整天和粪

便住在一起，满身脏东西，却总爱往人家饭桌上飞，到处传染疾病……"

玉帝一听，觉得麻雀虽然有罪，但苍蝇更可恶。于是他就下令再把苍蝇抓来。苍蝇一看大事不好，连忙跪在地上又哭又叫。

"陛下，我知道自己太脏了，现在我就改。"说着，苍蝇就抬起两只前爪不停地擦着，好像是要擦掉手掌上的脏东西。

玉帝见它还有悔过之心，就不忍心杀了它，不耐烦地一挥手，说道："罢了，这次先饶你一命，今后你再敢做坏事，逮住你定斩不饶！"

从此，苍蝇总也忘不了它是怎样在玉帝面前死里逃生的，所以经常抬起两只前爪搓来搓去；而麻雀自从挨了那顿鞭子，也落下个腿痛病，落在地上总是不停地跳动着。

帕帕斯的妙计

大象肥肥要结婚了，河马桑蒂姆也要结婚了，他们的结婚典礼定在了同一天。蜘蛛帕帕斯接到了两张请帖，一看时间就犯了愁。

帕帕斯心里想："肥肥的婚宴上肯定有不少好吃的，肯定得去。"转念一想："桑蒂姆的婚宴也差不了，难道能让这个大吃一顿的机会错过去吗？"

于是，帕帕斯来到肥肥家打听它家的婚宴什么时间开始。肥肥挠挠头说："现在还说不准。"帕帕斯又赶到桑蒂姆家去打听，桑蒂姆张开大嘴打了个哈欠说："我也不清楚。"

　　帕帕斯问不出结果来，就动起了脑筋，终于想出了个好办法。它找来自己的两个儿子，让它们分别去参加大象和河马的婚礼，谁家的婚宴开始了，就用力拉手中的绳子。

　　大象和河马结婚的日子到了，帕帕斯用一根绳子拴在自己腰上，把两个绳子头分别交到两个儿子的手上，临走时还不放心地叮嘱道："只要婚宴一开始，你们就使劲拽绳子，把我拉过去。"

　　两个小蜘蛛走了，帕帕斯坐在家里，美滋滋地等着儿子拉它去赴宴，心里十分得意地想："我这个方法真是聪明绝顶，哪一家先开宴我就先去哪家，保管哪个也落不下。"

　　可世上偏偏有这样凑巧的事，大象和河马两家的婚宴是在同一时刻开始的。俩儿子一见婚宴开始了，就赶紧拉绳子，可是怎么使劲绳子也拉不动。

　　它们俩哪里知道，此刻帕帕斯可倒了大霉。两个儿子力气一般大，把他拉得在原地一动也动不了，而且绳子越拉越紧，很快就把他勒得昏了过去。

　　婚宴结束后，两个小蜘蛛赶忙往家跑，想看看到底是怎么一回事。它们在家门口看见了人事不醒的老蜘蛛，还奇怪地发现它的腰部细得像一条线似的。唉！这是让它俩勒的呀！

爸爸的爱

　　森林里，有一只可爱的小鹿。它站在高高的山坡上，调皮地将蹄子踏得"哒哒"地响。猎人带着猎枪出现了，小鹿害怕起来，立刻顺着山坡逃跑了。

　　猎人看着到手的猎物要跑了，立刻端起猎枪追了上去。小鹿跑得可真快，猎人怎么也追不上。于是，他"啪"地给了小鹿一枪。小鹿似乎受伤了，速度慢了许多。猎人想："这正好，我可以一直跟着这个小家伙，说不定还能把大鹿给逮住呢。"但小鹿跑到稍高的地方，猛一下钻进花丛，一转眼就消失了。

　　猎人目瞪口呆地站在那里，简直不敢相信自己的眼睛。正在这个时候，他听见身后有人说话："你好，先生。"猎人回过头，看见一个可爱的小男孩。他笑着望着猎人，一脸调皮的样子。猎人问："小家伙，你怎么一个人在这里？"小男孩笑着回答："我在等我的爸爸呀。"猎人奇怪地问："你爸爸去哪儿了？"

　　小男孩噘着嘴说："上次我和爸爸去草海玩，回家的路上遇到了坏人，爸爸叫我赶紧往家跑，自己等一会儿就回来。""后来呢？"猎人问。

　　小男孩忧伤地回答："后来爸爸再也没回来……"猎人问："那坏人长什么样子，你看见了吗？"小男孩摇摇头说："我只听见了'啪'的响声，和今天听见的一样……因此，我想问一下，你看见我爸爸了吗？"猎人手中的枪慢慢地掉在了地上，无奈地说："对不起，我没有看见。"

商人、驴子和马

　　有一个商人，每天要牵着一匹马和一头驴子将货物运送到集市。虽然马比驴子要大许多，但它却驮得很少，大部分货物都是驴子在驮。这常常累得驴子喘不过气来。

　　这天，商人又赶着它们上路了。马驮的东西少，它轻松地跑到了驴子的前面。落在后面的驴子吐着舌头，喘着大气，艰难地走着。

　　不一会儿，后面传来了驴子断断续续的呼救声："马大哥，快……帮我……分担一点吧，我实在扛……不住了！"

　　马却嬉皮笑脸地说："驴老弟，前面不远有家旅店，主人马上就会让你休息了。"说完，一溜烟地跑开了。

　　又走了一段很长的路，驴子没有看到旅店，它又叫了起来："马大哥，求你……快帮……我分担一些吧。我……快要被累死了！"马又说："快了，快了，马上就要到集市了。"

　　就在这时，驴子腿一软，大声叹了口气，倒在了地上——可怜的驴子昏过去了。

　　马看到后，嘲笑说："这家伙真没用，这点东西都背不了。"商人听马这样一说，便把驴子和它身上的货物都放到了马身上。这下可把马给累苦了，它不仅驮了所有的货物，还背上了驴子。此时，马开始后悔了，如果当初帮驴子分担一些货物，自己也不会受现在这份苦了呀。

下雪啦

下雪了，小狐狸兄妹手牵着手，蹦蹦跳跳地走在原野上。它们一边走，一边快乐地唱着："下雪啦，雪晴了，太阳公公出来了！下雪啦，雪晴了，小小的雪人堆起来了！"

为什么小狐狸兄妹这么开心呀？原来它们两个要到对面山头的姥姥家去呢！小哥哥的手里还拎着一个精美的糕点盒子，那是妈妈专门为姥姥准备的。

一路上，两只小狐狸可高兴了。一会儿在雪地上追逐野兔，一会儿又拽着树枝打秋千。它们又跑又跳，早把妈妈的嘱咐忘记了。妈妈嘱咐过什么呢？妈妈说："你们两个要小心点哦，不要把糕点盒子弄坏了，

这是我专门为你们姥姥准备的。"狐狸兄妹觉得妈妈真上了年纪，已经开始唠叨了。它们异口同声地回答："没问题，我们会把盒子好好地带到姥姥家的。"

两个小家伙走累了，坐在大石头上休息。

突然，小狐狸哥哥看见河滩上有个闪闪发亮的东西。狐狸哥哥说："你拿着点心盒子，我过去看看。"狐狸妹妹不情愿地抱着盒子，站在石头边，它也想过去凑凑热闹。

狐狸哥哥走了好半天也没回来，狐狸妹妹忍不住也下了河滩。狐狸妹妹的脚一滑，就摔了一个大跟头，手中的点心盒子一直飞到了河对岸。

点心盒子拿不回来了，这下事情可糟糕了，妈妈一定会生气的。两个小家伙只好垂头丧气地往自己家走去了。

月夜的歌声

妈妈哄小女儿睡觉的时候，总唱一首歌："月亮落下去了，月亮落下去了……"

在妈妈甜美的歌声中，小姑娘香香甜甜地睡着了。可也有例外的时候，这一天，小姑娘怎么也睡不着，为了不让妈妈唱得太累。小姑娘装着睡得很香的样子，妈妈这才放心地走了。等妈妈走出房间以后，小姑娘坐了起来，静静地望着窗外。这时候她听见有歌声传来，是谁在月夜里唱歌呢？

小姑娘循着歌声走到屋外，四周都静悄悄的，什么声音也没有，是谁在唱歌呢？

小姑娘望着月亮使劲想呀想呀，月亮静静地望着她。歌声越来越清晰了，就像谁在耳边歌唱。这时候，小姑娘发现，好像是身边的老树在唱歌呢！它的树叶摇呀摇呀，发出哗啦啦的声音，就像在伴奏。

　　"你为什么要唱歌呀？"小姑娘问。"每到月夜的时候，我就会唱歌，这是我一千年来养成的习惯。"老树回答。

　　"多好听的歌声呀，就像我妈妈唱的一样。"小姑娘告诉老树。

　　"每年的秋天，我的种子就会离开我。因此，我要一直唱歌给它们听，等以后它们想念我的时候，也会和我一样在月夜里唱歌。"老树说。

　　"原来是这样啊，妈妈也每天唱歌给我听呢！"小姑娘点点头说。

　　第二天，小姑娘醒了，她发现自己躺在老树的树干下，四周只有叶子哗啦啦的响声。

赫拉克勒斯的圣坛

赫拉克勒斯前往特洛伊，他要征服那里的国王拉俄墨冬。原来在很久以前，拉俄墨冬曾经答应要送赫拉克勒斯一匹骏马，但后来却食言了，赫拉克勒斯决定报复他。

赫拉克勒斯带着一批战士和六艘船，其中有希腊著名的英雄珀琉斯和俄琉斯等。他们来到好朋友忒拉蒙面前，忒拉蒙热情地给赫拉克勒斯倒了一杯酒，并且邀请他一起品尝美味佳肴。赫拉克勒斯为朋友的热情所感动，他用手指着苍天，祈祷说："父亲宙斯，如果你愿意施恩，请赐给忒拉蒙一个无敌的儿子。"

赫拉克勒斯的话还没有讲完，宙斯就给他送来一只矫健的雄鹰。赫拉克勒斯知道父亲已经默许了他的请求，于是说："忒拉蒙，你一定会有一个无敌的儿子，名叫埃阿斯！"

不久，赫拉克勒斯和忒拉蒙以及其他的英雄一起征战特洛伊。在特洛伊登陆时，他把看守船只的任务交给俄琉斯，自己则率领着英雄们向特洛伊进发。拉俄墨冬乘机率领军队袭击了英雄们乘坐的船只，并杀害了俄琉斯。

拉俄墨冬回城以后，发现特洛伊已经被赫拉克勒斯的勇士们包围了，他顽强抵抗，冲出了包围圈。赫拉克勒斯和忒拉蒙看到敌人跑了，急忙一前一后，追了上去。赫拉克勒斯一直很自负，因为从来没有人可以在战争中超过自己，看到自己居然被忒拉蒙超过了，他又气又急，敌人也不想追了，就想用剑砍死忒拉蒙。

忒拉蒙猜到了他的心事，于是停了下来，亲手把身旁的石头堆成一堆，并且诚恳地说："这是胜利者赫拉克勒斯的圣坛！"

这话让赫拉克勒斯感到十分惭愧，他们毕竟是十分要好的朋友。两个人冰释前嫌，又一起并肩战斗。赫拉克勒斯援弓搭箭，射死了拉俄墨冬和他的几个儿子。在那场激烈的战争中，拉俄墨冬只有一个儿子侥幸逃脱了。

特洛伊城被占领后，赫拉克勒斯把拉俄墨冬的女儿赫西俄涅作为战利品送给了忒拉蒙。同时他又允许这位姑娘在所有的俘虏中挑选一个人，并赐予他神圣的自由。

姑娘立刻指向自己的兄弟达尔克斯，说："请您放了他吧。""好吧，就是他吧。但他必须先当一名奴仆，然后你用一笔赎金换取他的自由。"赫西俄涅从头上扯下了贵重的首饰作为兄弟的赎身钱，说："现在，我把你买下了。"于是，这个孩子被当作奴隶贩卖了一次。

战争结束了，赫拉克勒斯踏上了回程。但天后赫拉还是对往事耿耿于怀，她想在暗中使坏。因此，赫拉克勒斯在回程中遇到了可怕的暴风雨。宙斯不愿意儿子出事，于是伸手搭救，这才使赫拉的企图未能得逞。

　　又过了一段时间，赫拉克勒斯决定再去报复国王奥革阿斯。奥革阿斯自食其言，拒绝给他应得的报酬。于是，赫拉克勒斯攻占了厄利斯城，并将国王处死。后来，他把王国送给了好朋友菲洛宇斯，并辅佐他成为了新国王。

　　取得这场征战的胜利之后，赫拉克勒斯恢复了奥林匹克运动会。运动会期间，宙斯变作人的模样前来与赫拉克勒斯角斗，结果他输给了自己的儿子。虽然如此，宙斯心里还是很开心，并由衷地称赞他是了不起的大力士。

优点和缺点

　　一天，约翰回到家，非常生气地告诉妈妈："我的同桌马莎是一个让人讨厌的女孩，我再也不想见到她了！"妈妈问儿子："难道马莎一点优点也没有吗？"约翰点点头："她全身上下都是缺点。"

　　妈妈想了一会儿，拿出一张白纸，在雪白的纸上点了一个小黑点。妈妈问儿子："这是什么？"约翰立刻回答："一个黑点呀！"妈妈故作惊讶地说："只有黑点吗？难道你没看见这张大纸吗？"

　　这时，约翰低下了头，他好像明白了什么。妈妈说："孩子，看人也是这样。你只看见马莎的一点缺点，她那么多优点，难道你就忘记了吗？"

　　约翰想了一会儿回答道："我想起来了，那天考试我没有带橡皮，是马莎把自己的橡皮切了一半给我用的。""是吗？"母亲说，"那你真应该感谢她啊！"

　　约翰又说："还有一天，马莎把雨伞借给我，自己却淋了雨。她真是一个好女孩。"妈妈微笑着说："是的，我也这样认为。"妈妈还告诉约翰，"每个人身上都有一些缺点，但是你只看见了别人身上微不足道的小黑点，却忽略了他那么多的优点。其实，每个人必定有很多的优点，换一个角度去看吧，你会有更多新的发现，也才会有更多的朋友。"

特洛伊城的建立

很久很久以前，有一对兄弟，名字分别叫伊阿西翁和达耳达诺斯。兄弟俩是宙斯与海洋女神普勒阿得斯所生的儿子，他们的职责是统治爱琴海的撒摩特刺岛。

伊阿西翁十分自负，他总因为自己是宙斯的儿子而沾沾自喜，为人十分狂妄自大。他自以为是神的儿子，因此竟然跑到圣山——奥林匹斯山上，偷窥住在那里的女神。伊阿西翁十分喜欢其中的一个女神墨忒耳，还经常骚扰她。

伊阿西翁的胆大妄为惹恼了父亲，宙斯一气之下用雷电把他劈死了。这个消息传到了撒摩特刺岛，达耳达诺斯对兄弟的死十分悲伤。

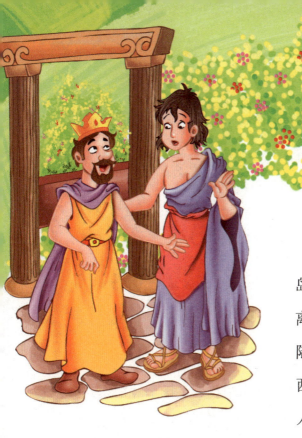

睹物思人，他无法在小岛上生活下去了，于是只好离开家乡，前往亚细亚大陆，来到密西埃海湾。那是西莫伊斯河和斯康曼特尔河入海的汇合处。

高峻的爱达山脉越远越小，一直消失在大平原上。这里的国王是透克洛斯土著的克里特人，所以这个地区的牧民也被称为透克里亚人。

国王透克洛斯非常欢迎这位远道而来的客人，他热情地接待了他，并赏赐给他一块土地，让他安居乐业。

经过一段日子的观察，透克洛斯十分欣赏达耳达诺斯的人品，就将自己的女儿许配给了他，并允许他自立门户，独立成国。

这块土地也因他从此改名，被称为达耳达尼亚，居住在这个地区的透克里亚人从此改称达耳达尼亚人。

达耳达诺斯死后，他的儿子厄里克托尼俄斯继承了王位，后来特洛斯又继承厄里克托尼俄斯的王位。

从那以后，特洛斯统治的地区则称为特罗阿斯，特罗阿斯的都城则称为特洛伊。现在透克里亚人和达耳达尼亚人称呼自己为特洛伊人，或称为特洛埃人。国王特洛斯死后，长子伊罗斯继承了王位。

不久以后，伊罗斯到邻国夫利基阿出访。夫利基阿的国王邀请他参加角力竞赛，胜利者可以得到 50 名男孩、50 名女孩，以及一头花斑母牛作为奖赏。经过激烈的比赛，伊罗斯取得了最后的胜利。国王不仅兑现了奖品，还告诉了他一则神谕：在母牛躺下休息的地方，他必须建立一座城堡。

伊罗斯赶着母牛走去，因为母牛休息的地方正是自特洛斯以来被作为国都的地方，即特洛伊。于是，他就在那里的山上建立了一座坚固的城堡。后来，这个地方有时被称为特洛伊，有时被称为伊利阿姆，有时又被称为柏加马斯。

在建城前，伊罗斯祈求先祖宙斯的兆示，看神是否同意他的建城计划。第二天，伊罗斯就在自己的帐篷前捡到从天上落下的女神雅典娜神像。这座神像暗示伊罗斯，新建成的伊利阿姆城堡处在宙斯和女儿雅典娜的保护下。得到了神的旨意后，伊罗斯就在城堡里成立了新的王国，并成为了国王。

伊罗斯国王的儿子，王位的继承人拉俄墨冬是个专横武断、凶恶残暴的人，他爱财如命，十分小气。拉俄墨冬不仅欺骗国人，也欺骗宙斯。

有一次，拉俄墨冬看到特洛伊城没有牢固的设防，便想在周围建造一堵城墙。

宙斯支持他的做法，并让被逐出天国的阿波罗和波塞冬帮助拉俄墨冬建筑城墙，让他和他的女儿所保护的城市有一座坚不可摧的堡垒。命运女神把阿波罗和波塞冬送到特罗伊城区。

经过与国王的讨价还价，他们用低廉的工钱，接下了修筑城墙的工程，时间为一年。国王心中暗自得意，于是点头同意了。

　　后来，经过分工，波塞冬帮助建造城墙，而阿波罗则在爱达山的山谷和河岸间为国王放牧。

　　一年过去了，雄伟的城墙已经完成。可是国王拉俄墨冬赖账，不给他们报酬，为此他们和国王争论起来。拉俄墨冬自知理亏，恼羞成怒，将两人赶走了。还威胁说，如果再看见他们，就会把他们的耳朵割下来。

　　波塞冬非常愤怒，于是立下誓言，要永远与这座城市，与国王为敌，雅典娜也不再保护这座城市，宙斯默许了他们的行为。因此这座城市将听凭诸神去毁灭，它的人民也要跟着遭殃。

小冰鱼

　　小河上结着厚厚的冰，像是一块很大很大的玻璃，把小河封得严严实实的。一条小鱼在河里游着，它从冰窗上望出去，天空阴沉沉的，岸边的树木都是光秃秃的，真难看。小鱼问躲在河底睡觉的乌龟爷爷："春天还有多久才来啊？"

　　乌龟爷爷慢吞吞地动了动脖子，说："别急，等到河上的冰融化了，春姑娘就会来了。"

　　小鱼天天抬头望着，盼望这块亮晶晶的大玻璃早些化掉。"河上的冰，怎么才会化开呢？"

　　"只要天气暖和了，冰就会化的。"乌龟爷爷回答说。

小鱼从冰窗子望出去，呆呆地望着天上的太阳。太阳藏在薄薄的云里，没有一丁点精神，像是个漏气的黄气球。小鱼心里真急呀！它在水里游呀游呀，找到了一个冰窟窿眼。它使劲一跳，跳到了冰上，它是想用自己的身体化开河上的冰。可时间一点一点地过去了，冰面不仅没有化开，反倒把它变成了一条不会动的小冰鱼。

　　天气渐渐暖和了。太阳伸出发烫的手指尖，摸了一下大地，大地上的雪立刻就融化了。小河上的冰也化了，清亮清亮的河水又唱起了欢快的歌。冻在冰里的小鱼也醒了，它在温暖的河水里游得可真快活啊！

背房子走路的蜗牛

从前，蜗牛走路跟蟑螂一样快，背上也没有蜗壳，不像现在的蜗牛，总是慢腾腾的，半天爬不了一寸远。它怎么会变成这样呢？

话说有一天，下起了大雨，豆大的雨点把芭蕉叶都打破了，很多小昆虫来不及躲，被浇得像落汤鸡似的。蜗牛漫漫赶快跑进家门，把头一缩，躲在屋里睡起大觉来。

蜻蜓乖乖没地方避雨，就飞到蜗牛家门前，恳求道："漫漫大哥，让我进屋躲躲雨吧，大雨打得我喘不过气来了。"

漫漫懒洋洋地伸出两只触角，没好气地说："我的房子太小了，没你呆的地方。快走开，别来打扰我睡觉！"

乖乖没有办法，只好走开。它刚要鼓起翅膀，天上落下来一阵大雨点，把它打落到水里，眼看着就爬不上来了。

水面上漂来一只大头蚂蚁，正好从蜗牛的家门口经过，它一把抓住房檐，气喘吁吁地哀求道："漫漫大哥，让我进屋躲一躲吧，雨水眼看着就把我冲走了。"

漫漫晃动着两根触角粗声粗气地说："我的屋子谁也不准进！我要睡觉了，快滚开！"大头蚂蚁只得松开手，一个大浪打过来，一下子就把它冲到池塘里去了。

雨终于停了，太阳公公露出了笑脸。漫漫睡醒了，它伸伸懒腰，觉得肚子饿了，就想出去找点东西填填肚子，可是刚刚走出两步，又不放心地停下来。

它回头望去，自己的这座小房多么漂亮啊！屋顶上刻着美丽的花纹，阳光一照，亮灿灿的。漫漫心想："就因为我有这么一座好房子，人人都眼红。我要是离开了，难道不会有人把它偷走吗？"

　　漫漫越想越放心不下，越想越害怕。这可怎么办呢？想来想去，它终于想出了个办法："对！我就把房子带在身上，这是最保险的。"

　　从此，蜗牛不管到什么地方，也不管晴天雨天，都把房子背在身上。沉重的房子压得它直不起腰来，半天也挪动不了多远，成了世界上爬得最慢的动物。

熊猫的饭店

熊猫老板要开饭店了，第一天早上，全森林的小动物都来尝鲜。

小猴子最先进饭店，熊猫立刻热情地迎了上来："欢迎欢迎，请品尝我们店里最著名的竹笋清汤……"小猴子尝了尝，嘀咕着："真难吃呀！"熊猫听了，脸红了。

小兔子也来了，熊猫为它端出了一盘清炒竹叶。小兔子也尝了一尝，轻声地说："一点也不好吃。"熊猫听了，有点难过。

狐狸一家也来了，泄气的熊猫急忙使出最大的劲，做了一份热腾腾的竹子大餐。狐狸妈妈先尝了尝，摇了

摇头。小狐狸急忙吃了一
大口，还没咽到肚子里就
吐了出去。熊猫简直伤心
得要哭了。

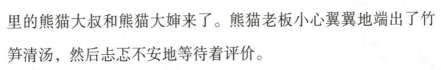

第一批顾客几乎没有
一个说饭菜好吃的，熊猫
没精打采地坐在角落里，
暗自伤心。

门又开了，住在竹林
里的熊猫大叔和熊猫大婶来了。熊猫老板小心翼翼地端出了竹
笋清汤，然后忐忑不安地等待着评价。

"真是太好喝了，和我妈妈做的一个味道呢。"熊猫大叔说。

"是呀，老板，还有什么好吃的，都端出来吧。"熊猫大婶
说。

受到了鼓励的熊猫老板急忙又端出了清炒竹叶和竹子大餐。

"真是好味道呀，这是我吃到的最好吃的东西。"熊猫大叔
和熊猫大婶异口同声地说。

等这两位顾客走了以后，熊猫老板犯糊涂了，为什么大家
的评价差得那么多呢？

聪明的兄妹

黑泽尔和格蕾特是一对聪明而勇敢的兄妹，可他们歹毒的继母却并不喜欢他们。一次，继母指使父亲将他们扔在了大森林的深处。兄妹俩在森林里走啊走啊，越走越远。渐渐地，他们迷了路，再也找不着回家的路了。

就在快天黑的时候，兄妹俩突然发现前面有一间用面包做的房子。他们饿坏了，忙跑过去，美美地吃了起来。这时，一个瘦兮兮的老巫婆从屋子里走了出来，她用魔法将黑泽尔关进了笼子，让格蕾特为她干活，准备把黑泽尔养肥后吃掉。

为了让黑泽尔快快长肥，老巫婆每天都给黑泽尔大鱼大肉吃。

　　每一天，老巫婆都会来到笼子边，让黑泽尔伸出手指，想看看他长胖了没有。聪明的黑泽尔知道了老巫婆的用意，就给她一根鸡骨头。老巫婆摸到鸡骨头后，以为是黑泽尔的手指，于是开始纳闷："为什么我给他吃了那么多好吃的，他还是长不胖呢？"

　　日子久了，老巫婆实在等不及了，便叫格蕾特去烧一锅开水，准备把兄妹俩都煮来吃掉。可让老巫婆没想到的是，勇敢的格蕾特并没有那么听话。她趁老巫婆不注意的时候，一把将老巫婆推进了大锅，然后救出了哥哥。就这样，兄妹俩一起逃出了那间可怕的面包屋。

两军大战

战争开始了，两军面对面地厮杀起来。在激烈的战争中，特洛伊人埃刻波罗斯成为了第一个阵亡的特洛伊英雄，他死在了涅斯托耳的儿子安提罗科斯手下。见敌人已死，希腊王子埃勒弗诺阿立刻上去抓住他的一只脚，想把他拖过来，剥下他的盔甲。就在他弯腰的时候，却被特洛伊人阿革诺耳刺中腰部，他惨叫一声，也死了。

战斗越来越激烈。埃阿斯挥起长矛，朝冲来的西莫伊西俄斯当胸一刺，矛尖穿胸而过，刺透了他的心脏。埃阿斯扑上去，剥下他的盔甲，然后带着战利品返回。特洛伊人安提福斯朝着埃阿斯的后背就是一枪，却被埃阿斯灵巧地躲过了，安全回到营地。

但站在埃阿斯身边的琉科斯却很倒霉，被击中了，并当场死亡。

琉科斯是奥德修斯的朋友，一位勇猛的战将。奥德修斯见他被刺死，心中非常难过，他决心为自己的朋友报仇。奥德修斯镇定地四处张望着，找准了目标，将标枪投掷出去。但安提福斯却非常机敏，他灵巧地躲开了标枪。标枪击中了国王普里阿摩斯的私生子特摩科翁，轰然一声，他倒在地上死了。

特洛伊人吓坏了，他们纷纷向后退着。希腊人以为自己已经胜利了，于是欢呼起来，准备深入到特洛伊人的阵地。

阿波罗非常愤怒，他大声鼓励特洛伊人："你们不要害怕，一定会胜利的！"

　　而在另一边，雅典娜也在鼓励丹内阿人奋勇冲击，她给并堤丢斯的儿子狄俄墨得斯注入了神奇的力量，使他的盔甲和盾牌像星星一样发光。

　　得到了神力的狄俄墨得斯呐喊着冲进了敌人的阵营，让他们乱了阵脚。特洛伊人达勒埃斯，是赫淮斯托斯的祭司。为了自己的城市，他把大儿子菲格乌斯和小儿子伊特俄斯都送上了战场。他俩和狄俄墨得斯不期而遇，菲格乌斯朝狄俄墨得斯投枪，却没有伤到他。狄俄墨得斯回手掷去一枪，刺中菲格乌斯，他呻吟一声就这么死掉了。

　　伊特俄斯看到对手这样勇猛，吓得不敢上前保护兄弟的尸体。他立即跳下战车奔逃，狄俄墨得斯却紧追不舍，眼看他也要没命了。

就在这时候，兄弟俩父亲的保护神赫淮斯托斯及时赶到，让他安全逃脱了。看到这里，雅典娜对战神阿瑞斯说："兄弟，我们最好不要管特洛伊人和希腊人的战事，让他们各自作战，看我们的父亲希望哪一方得胜吧。"

阿瑞斯点点头，和雅典娜一起离开了战场。现在，这场战争似乎脱离了神的操纵，但雅典娜知道，被注入神力的狄俄墨得斯还在奋力征战着。

亚各斯人又对敌人发起冲锋，阿伽门农追赶着荷迪奥斯，一枪刺中他的肩头；伊多墨纽斯将菲斯托斯刺倒在地；斯康曼特律奥斯被大力气的墨涅拉俄斯一枪击中；就连菲勒克洛斯也被迈里俄纳斯杀死了。狄俄墨得斯依仗着自己的神力，在两边营地飞奔。

潘达洛斯瞄准他，拉起了弓，箭呼啸着射了出去，一下子就射中了狄俄墨得斯的肩部，鲜血染红了他的铠甲。潘达洛斯看到已经得手，心中非常喜悦，就大喊着说："士兵们，和我一起前进吧，我已经射中了最厉害的敌人，胜利是属于我们的！"

狄俄墨得斯虽然受伤了，但他仍旧坚持战斗着。他雄赳赳地站在战车前面，对斯忒涅罗斯说："这点小伤算什么？快帮我拔出肩上的箭！"斯忒涅罗斯照他的吩咐做了，用力将箭拔出，鲜血立刻飞溅出来。

狄俄墨得斯忍着疼痛向雅典娜祈祷："伟大的女神呀，请您继续保护我！保佑我的长矛能刺中那个伤害我的人！"雅典娜听到了他的祈求，就重新给他注入了神力。狄俄墨得斯的疼痛立刻停止了，他的四肢重新充满了力量。他再次投入战斗，大声呐喊着，前进着。

雅典娜对狄俄墨得斯说："我给了你非凡的力量，现在你在战场上可以看出谁是凡人，谁是神了。如果有神朝你走来，你就大胆地跟他一起去战斗！最后的胜利一定会属于你的。"